Fetisch

Pervers ?

Mit Mut fangen die schönsten Geschichten an

IMPRINT

Text and Content

@ COPYRIGHT 2024

BY MARIA VALLEETSY

C/O IMPRESSUM-SERVICE VALLEETSY

PADRE BURGOS AVE,

1000 METRO MANILA

Fetisch
Pervers ?

Sandra schloss die Augen. Genau so wie sie es auch immer machte, kurz bevor sie sich Sperma in den Mund spritzen ließ. Das war ihre ganz eigene Art, den Moment zu zelebrieren. Auch wenn manche Männer sie aufforderten und manchmal auch zwingen wollten, sie in diesem Augenblick anzuschauen, sie weigerte sich immer. Nur mit geschlossenen Augen konnte sie sich ganz auf die Fülle der Emotionen einlassen, wenn der männlichste aller Säfte sich in ihr verströmte und auf all ihre Sinne einprasselte.

Sie sog tief die Luft ein und ihr Körper krümmte sich leicht bei dem Gedanken an eine der zurückliegenden Nächte. Der leicht aufbrausende Wind vom Meer her streichelte ihren Körper, den nun ein knapper Bikini bedeckte. Bei der Erinnerung an die delikate Situation mit dem jungen Spanier erfasste eine

Gänsehaut ihre bronzene Haut von Kopf bis Fuß. Drei, nein vier Nächte war es her, dass sie ihn kennen gelernt hatte. Und es war nicht viel Zeit vergangen, bis sie ihn und seine beiden Freunde nach Hause begleitet hatte.

Sie war nicht betrunken gewesen, sondern nur fröhlich angeheitert. Die Verständigung hatte sich als etwas schwierig erwiesen, da die Spanier kaum Englisch konnten. Aber für das, was sie vorgehabt hatten, hatte es nicht vieler Worte bedurft. Es hatte sie dann zwar schon überrascht, dass seine Freunde sich das Spektakel wirklich hatten anschauen wollen wie immer wieder beteuert. Denn solange seine zwei Freunde sie nicht auch hatten nutzen wollen, hatte sie nichts dagegen gehabt.

Der Spanier war wirklich sehr jung gewesen, und es war ihr klar gewesen, dass es nicht lange dauern würde. Ein bisschen knutschen, ein bisschen fummeln, und schon war sie ihm an die Lenden gegangen. Glatt und hart hatte sie seinen Schwanz vorgefunden, genauso wie sie es mochte. Es war ihm nicht mal mehr Zeit geblieben, richtig zu ihrer Muschi vorzudringen, da hatte sie ihm auch schon die Hose nach unten gezogen. Sein Rohr war steif weggestanden, und sie war vor ihm in die Knie gegangen. Mit vertrauten Griffen hatte sie seine Wurzel umfasst, die Vorhaut zurückgezogen und ihn in sich hineingelutscht. Sein Stöhnen hatte auf ein schnelles Ende schließen lassen, er war augenscheinlich überwältigt gewesen von ihrer Direktheit. Aber das war es nun einmal, was sie wollte und was sie brauchte.

Sie hatte ihn tief in sich hineingesaugt und die salzig-männliche Geschmacksnote genossen. Rasch hatte das Pulsieren zugenommen und sie hatte gespürt, wie sich sein Körper zusammengezogen hatte. Seine Muskeln hatten sich versteift, als sie mit ein, zwei raschen Bewegungen seine ganze Männlichkeit zwischen die Lippen genommen hatte. Und als sie ihn richtig tief hineingesaugt hatte, waren bereits seine Kontraktionen zu spüren gewesen.

Das war der Moment gewesen, in dem sie die Augen geschlossen hatte. So machte sie das immer. All ihre Sinne waren auf das gerichtet, was sie in ihrem Mund hatte. Dieser Moment war so unvergleichlich intensiv und voller Kraft. Sie hatte die Macht genossen, die sie über den jungen Kerl ausübte, sie hatte ihn komplett in der Hand gehabt. Oder er sie, denn sie hatte sich wiederum so unendlich danach gesehnt, dass er sich in ihr ergoss.

Dann hatte sein Orgasmus eingesetzt, und sie war der festen Überzeugung gewesen, ohnmächtig zu werden, so stark war der Drang gewesen, ihn ganz in sich aufzunehmen. Sein Schrei war gepresst und laut gekommen, und mit Wucht hatte er sich in ihren Rachen entladen. Voll und sämig waren die ersten Spritzer gekommen und hatten ihren Körper zum Erbeben gebracht. Ständig mehr Saft wurde aus seinem Schwanz in ihre Mundhöhle gepumpt. Der Geschmack seines Spermas war süß über ihre Zunge geflossen, von ihrem Gaumen hinabgetrieft und dann ihren Hals hinuntergelaufen. Sie war im Himmel gewesen.

Sie hatte ihm Zeit gelassen, den Schock dieses gewaltigen Höhepunktes zu verarbeiten. Dann hatte sie seinen Prügel aus dem Mund gleiten lassen, die letzten Tropfen saubergeleckt und ordentlich geschluckt. Fertig. Seine beiden Freunde hatten sie mit aufgerissenen Augen angestarrt, und sie hatte die Verdutztheit der jungen Kerle förmlich greifen können. Bevor sie sich jedoch noch irgendwelche zweiten Chancen bei ihr hatten ausrechnen können, hatte sie ihnen ein neckisches "Forget it - Vergesst es!" zugeworfen und sich erhoben. Sie hatte dem Spanier noch einen nassen Kuss gegeben, ihre Haare gerichtet und sich dann umgedreht. Mit wehendem Rock war sie dem Ort des Geschehens entschwunden.

Sandra blinzelte durch ihre Sonnenbrille in Richtung Horizont. Der Nachmittag war fortgeschritten, und ein weiches

Frühabendlicht legte sich über den Strand. Die Erinnerung an den Spanier heiterte ihre Stimmung kurzfristig auf. Doch dann kam ihr wieder das Desaster vom Vorabend in den Sinn. Das war wirklich beschissen gelaufen aus ihrer Sicht.

Der Typ, den sie in der Bar kennen gelernt hatte, war ausnehmend klasse gewesen und hatte genau ihre Vorstellungen für die Nacht getroffen. Ein großer Kerl, mindestens 1,90, ein Bodybilder mit richtig gutem

Körperbau. Er hatte ein nettes Gesicht gehabt mit einem spielerischen Zug um die Lippen, und die kurzen schwarzen Haare gemischt mit seinem herben Duft hatten ihr Lust auf mehr gemacht. Sie hatten getrunken und gelacht, und dann war sie mit zu ihm gegangen. Dort hatte eigentlich alles seinen perfekten Lauf genommen: Sie waren beide richtig geil aufeinander gewesen, hatten ihre Körper ineinander verkeilt und sich ungestüm ausgezogen. Er hatte einen tollen Körper gehabt, wohlproportioniert, und seine

Männlichkeit war glatt rasiert gewesen.

Gerne hatte er es zugelassen, dass sie vor ihm auf die Knie gegangen war und seinen Schwanz in den Mund genommen hatte. Gierig hatte sie ihn geleckt und gesaugt, und seine Härte war in ihrem Mund gewachsen. Immer wieder hatte sie die große Eichel zwischen ihre Lippen gelutscht, und mit den Händen um seinen knackigen Arsch hatte sie ihn sich tief in ihren Rachen geschoben. Es hatte gekitzelt, als er am Ende ihres Gaumens angekommen war und sie gleichzeitig mit der Nase an seiner Schwanzwurzel zum Stoppen gekommen war. In dieser Stellung hatte sie ihn mit ihrer Zunge behände gesaugt und massiert, und sie waren nur noch Augenblicke vom dem lange ersehnten Höhepunkt entfernt gewesen.

Doch gerade, als sie in Erwartung seines Orgasmus die Augen geschlossen hatte, hatte er sie grob an den Haaren gepackt, ihren Kopf nach hinten gerissen, seinen eigenen Schwanz mit seinen Pranken umfasst, ihn ihr unter die Nase gehalten und losgespritzt. Stoß um Stoß seines wertvollen Spermas hatte er ihr mitten ins Gesicht gepumpt. Fassungslos hatte sie ihn gewähren lassen, vollkommen unfähig, auf diese komplett unerwartete und für sie schockierende Wendung überhaupt auch nur zu reagieren.

Sein Saft war ihr übers Kinn gelaufen und von dort auf den Teppich getropft. Es war alles umsonst gewesen. Sie war am Boden zerstört gewesen. Eine völlige Leere hatte sich in ihr breit gemacht in Anbetracht dessen, was ihr verwehrt geblieben war. Normalerweise hatte sie die Männer im Griff, und auch wenn sie sich zierten und es anders wollten, schaffte sie es doch eigentlich immer, dass sie sich schließlich in ihrem Mund entleerten. Diesmal war sie völlig überfallen worden. Ein Gefühl von maßloser Enttäuschung war in ihr gewachsen. Der Typ war so perfekt gewesen, ebenmäßiger Körperbau, männlicher Geruch, voller Schwanzgeschmack - und doch hatte er sie um das gebracht, wonach sie sich an diesem Abend mehr als alles andere gesehnt hatte. Ihr war, als wäre sie betrogen worden.

Sie hatte sich an dem Abend noch zweimal von dem Typen vögeln lassen, das machte sie normalerweise nie. Aber nach diesem Desaster war ihr alles egal gewesen, und so hatte er seinen Samen noch zwei Mal in ihre Muschi pumpen können. Am Ende war er eingeschlafen gewesen, und wie betäubt hatte sie ihre Klamotten zusammengesammelt und sich davon gemacht. Es hatte fast eine Stunde gedauert, bis sie - in totaler Enttäuschung über ihr eigenes Versagen - die Straße hinunter in ihr Hotel gekommen war.

Der Knoten in ihrem Bauch schwoll bei den Gedanken daran wieder an. Ein Desaster. Das hatte schon lange keiner mehr mit ihr gemacht. Sie ließ den Blick über den Strand streifen und überlegt kurz, ob sie den sympathischen Bademeister, der sie in den vergangenen Tagen schon mehrfach angelächelt hatte, ersatzweise in eine der Umkleidekabinen locken sollte. Aber sie entschied sich dagegen. Sie musste sich die Kompensation auf andere Weise verschaffen.

Sie war 14 gewesen, als sie zum ersten Mal in Berührung mit dem gekommen war, was sich später zu solch einem elementaren Bestandteil und Antrieb ihres Lebenswandels entwickeln sollte. Sie hatte einen Freund gehabt, und eines Tages war er mit dem Wunsch an sie herangetreten, sie sollen es doch mal versuchen mit dem "Lutschen". Sie war zwar nicht sonderlich erpicht darauf gewesen, hatte ihm aber schließlich den Wunsch dann doch erfüllen wollen. Sie hatte seinen Schwanz gerieben, die Haut zurückgezogen und ihn sich schließlich einfach in den Mund gesteckt. Und während sie sich noch an das ungewohnte Gefühl zu gewöhnen versucht hatte, war plötzlich ihr Mund voller klebriger Flüssigkeit gewesen. Das war so überraschend gekommen, dass sie würgen hatte müssen und sich beinahe übergeben.

Nach diesem Horrortrip hatte es über vier Jahre gedauert, bis sie sich wieder einmal dem Thema gewidmet hatte. Ein älterer Mann hatte sie auf der Straße angesprochen, und irgendwas an ihm hatte sie so in seinen Bann geschlagen, dass sie mit ihm einen Kaffee trinken gegangen war. Eloquent hatte er ihr Komplimente gemacht und ihr das Gefühl gegeben, in diesem Moment etwas Besonderes zu sein. Und nach nicht einmal 2 Stunden hatte sich vor ihrem inneren Auge eine Vision manifestiert: Sie hatte diesem

Mann den Schwanz lutschen wollen. Ohne die Absicht, dass er kommen würde, sie hatte ihn einfach nur in ihrem Mund spüren wollen.

Weltmännisch hatte er sie mit in sein Hotel genommen. In seinem Zimmer hatten sie gemeinsam Champagner getrunken. Er hatte offensichtlich geahnt, was in ihr vorgegangen war, denn all seine Bemühungen hatten stetig das lodernde Feuer genährt, das sich in ihrem Inneren entzündet hatte. Wie ferngesteuert hatten sie sich ausgezogen, und als er sich nackt mit seinem großen, erigierten Schwanz vor sie hingestellt hatte, war sie wie von selbst vor ihm auf die Knie gesunken.

Er hatte ihr all die Zeit gelassen, die sie gebraucht hatte. Sie hatte sich mit dem Werkzeug vertraut gemacht, dass in den folgenden Jahren ihr ständiger Wegbegleiter werden sollte. Sie hatte jeden Quadratmillimeter seiner Haut erkundet, mit ihrer Zunge seine Eier entlang geschlängelt und ausgiebig seinen Damm geleckt. Er war einfach nur dagestanden und hatte zugesehen, wie sie Stück für Stück sein hartes Rohr hinaufgeklettert war. Schließlich hatte sie die Eichel erreicht, die vor Lust pulsiert hatte. Sie hatte die Lippen angesetzt und ihn unendlich langsam in ihrem Mund aufgenommen. Die Zeit war lang und länger geworden, es hatte sicherlich eine halbe Stunde gedauert, bis sie endlich unten angekommen war. Doch damit war es um sie geschehen gewesen: Sie hatte sich den männlichen Schwanz untertan gemacht, hatte sich mit ihm vereinigt und sich ihm mit Haut und Haaren verschrieben.

In dieser Stellung waren sie geblieben, bis die fast unmerklich zarten Bewegungen ihrer weichen Zunge ihn in Zeitlupe zum Höhepunkt gebracht hatten. Automatisch hatte sie die Augen geschlossen, was sie ab da zu ihrem selbstauferlegten Markenzeichen erkoren hatte. Das Stahlrohr in ihrem Mund hatte sich geschlagen gegeben, und ihr erstes wirkliches Schwanzlutschen war in einem Freudenbad aus Saft und

Leidenschaft geendet. Minutenlang hatte sein Schwanz in ihrem Mund gepumpt und pulsiert, und scheinbar grenzenlose Mengen Sperma waren zwischen ihre Lippen hinab in ihren Rachen geflossen. Als er sich schließlich aus ihr zurückgezogen hatte, hatte sie sich für eine Ewigkeit nicht rühren können. Er hatte sie hochheben müssen und in seinen Armen wiegen, damit sie langsam wieder zu sich gekommen war.

Oft dachte sie an diese Initiation zurück, und auch an diesem Abend am Strand gab sie sich wieder den tiefen Emotionen jenes Tages hin. Sie wusste, dass sie sich damals verloren hatte an den Geschmack von Sperma. Aber es war mehr als das, es war die Macht über den Moment, der sie immer wieder in diese Situationen trieb. Kondome lehnte sie strikt ab, sie musste das Sperma direkt in ihrem Mund aufnehmen. Ihr war sehr wohl bewusst, dass diese Praktik mit Risiken einherging; aber sie konnte sich der magischen

Anziehungskraft des männlichen Saftes einfach nicht entziehen.

Seit jenem Abend hatte sie viele Schwänze zwischen die Lippen genommen, sehr viele. Literweise hatte sie in diesen sechs Jahren Sperma in sich aufgenommen, und sie hatte jeden einzelnen Tropfen genossen. Sobald sie an der Grenze stand, an der sich der nahende Orgasmus der Männer ankündigt, war sie wie im Himmel, es war wie eine Reise in eine andere Welt. Sie schloss die Augen und konnte alles um sich herum unfassbar klar wahrnehmen: den Geruch der Situation, das Rauschen des Blutes, die sich öffnenden Schweißporen, die unterdrückten Schreie, das Pulsieren der Eier, das Zucken der Muskeln. Sie war allein mit dem Schwanz und mit seinem Höhepunkt, es war ihrer. Und dann ließ sie sich von jedem einzelnen Spermaspritzer bis ans Ende des Universums katapultieren.

Neben dem Schließen der Augen hatte sie noch ein paar andere Grundsätze im Lauf der Jahre aufgestellt und verfolgte diese eisern. Jeder Mann musste diese Grundsätze akzeptieren, das war ihr Credo - und in den allermeisten Fällen war es auch aufgegangen:

Erstens: Es musste immer die erste Entladung sein, die sie in ihrem Mund aufnahm, niemals der dünne Nachgeschmack eines Zweit- oder Drittorgasmus - kräftig und nussig wollte sie es schmecken.

Zweitens: Sie bestand darauf, vor ihm zu knien, denn nur so hatte sie Schwanz und Eier gleichzeitig im Griff und konnte die von ihr so geschätzte Macht ausüben.

Drittens: Sie nahm nie mehr als einen pro Nacht, das war sie sich selbst und ihrem Lustobjekt schuldig - trotz der Vielzahl der Angebote, die sie immer wieder bekam.

Und viertens: Jeder durfte sie nur immer einmal genießen - es gab kein Wiedersehen, so groß auch die Verlockungen sein mochten.

Außerhalb dieser Grundsätze war sie nicht besonders wählerisch, sondern verließ sich auf ihr Gefühl und ihre momentan Lustanfälle. Weder Aussehen noch Alter, weder Hautfarbe noch Nationalität spielten eine entscheidende Rolle, es waren andere, spontane Dinge, die im Allgemeinen den Ausschlag gaben, wenn sie sich für einen entschied. Sie redete sich manchmal ein, dass sie damit auch die Gefahr möglicher Krankheiten verringerte, denn sie verließ sich immer auf ihr Bauchgefühl; und das sah es einfach nicht vor, dass sie ob ihrer - zugegeben ungewöhnlichen Leidenschaft - negative Erfahrungen machte. Aber wenn sie ehrlich zu sich war, dann war ihr auch klar, dass ihre Auswahlkriterien diesen Prüfungen nicht immer standhielten.

Sie hatte schon von so ziemlich allen Arten von Schwänzen gekostet: es waren weiße, braune, olivfarbene, sogar einige schwarze dabei gewesen; es waren kleine, mittlere und große darunter gewesen, und sogar zwei, die so riesig waren, dass sie sie kaum in ihrem Mund aufnehmen hatte können; es waren krumme und knochige dabei gewesen, dünne und dicke, fette, trockene, dürre, dreckige, fleischige, stahlharte, butterweiche, schweißige, wohlduftende, ungewaschene, nasse, knotige, pummelige, wuchtige, brachiale, schwammige, monströse, sehnige, ebenmäßige. Und alle hatte sie gelutscht, kniend, immer nur einer pro Nacht, immer beim ersten Mal und immer hatte sie die Augen kurz vor dem Moment geschlossen, als sie in ihrem Mund abspritzten. Und letztlich hatte sie keinen einzigen von all diesen Schwänzen je bereut.

All das ging Sandra durch den Kopf, als sie sich schließlich aufraffte, ihre Sachen am Strand zusammensammelte und sich auf den Weg in ihr Hotel machte. Die vergangene Nacht mit dem versagten Höhepunkt zog jetzt wieder in ihrem Inneren. Den ganzen Weg auf ihr Zimmer dachte sie unablässig nach, was sie machen könnte, um diese Panne wieder gut zu machen und sich wieder in die Augen sehen zu können. Sich selbst gab sie die

Schuld für die Enttäuschung, ihrer Meinung nach lag es ausschließlich in ihrer eigenen Macht, was wie passierte. Und nach so einem Fehlschlag war sie mit sich selbst nicht im Reinen.

Als sie die Tür aufschloss, musste sie lächeln. Unerwartet war ihr die Erinnerung an den Typ gekommen, der wohl der schnellste Spritzer gewesen war, den sie jemals gehabt hatte. Es war eine ungewöhnliche Begegnung gewesen an einem Abend, an dem sie eigentlich gar nichts vorgehabt hatte. Dann war sie plötzlich dieser völlig ungelenke Familienvater (das hatte er ihr gleich erzählt) erschienen: maximal 1,65 m groß, Bauch, blasse Haut, Halbglatze und Brille, so war er allein an der Hotelbar vor seinem Bier gesessen. Sie hatte sich einfach so zu ihm gesetzt, und bei der Vorstellung, wie wohl sein Schwanz aussehen musste, war ihr von einer Sekunde auf die andere ganz anders geworden. Es war die Absurdität der Situation, die sie total angemacht hatte, und in der folgenden halben Stunde hatte sie den armen Mann so heiß gemacht, dass er fast nicht mehr hatte sitzen können.

Sie hatte ihm zum Aufzug geholfen und ihm dann auch noch beim Ausziehen unterstützen müssen, weil er vor Aufregung so gezittert hatte. Sie selbst hatte sich erst gar nicht die Mühe gemacht. Er war einer der einzigen gewesen, denen sie je erlaubt hatte, sich von ihr im Sitzen lutschen zu lassen. Sein Schwanz war genau so gewesen, wie sie es erwartet hatte: klein, dick, venig, geschwollen, und kaum steif. Hechelnd hatte er auf sie hinab gesehen wie ein Frosch auf Ecstasy, als sie sich seiner angenommen hatte. Weich und prall waren seine knubbeligen Eier in ihrer Hand gelegen, und die zurückgezogene Vorhaut hatte eine fette, blaue Eichel enthüllt - das einzig wirklich steife Teil zwischen seinen Beinen.

Davon erregt hatte sie sich vorgebeugt und ihre Zunge ausgefahren, als es in seinen Weichteilen ansatzlos und ohne Vorwarnung zu zucken und zu brodeln begonnen hatte. Gerade noch rechtzeitig hatte sie ihre Lippen über seinen weichen, fetten Schwanz stülpen und die Augen schließen können, da hatte es sich auch schon aus ihm ergossen. In langen, tiefen Schwällen war der Saft aus diesem völlig überforderten Sack geplätschert und hatte ihren Mundraum ausgefüllt. Warm und wohlig war es ihren Rachen hinabgelaufen, in mindestens fünfzehn vollen Ladungen hatte er sich zwischen ihre Lippen entleert, ohne dass ihm auch nur

ein Laut über die Lippen
gekommen war.

Selten war sie in solch einer Fülle
mit Sperma vollgepumpt worden
wie an diesem Abend. Sie war so
überwältigt gewesen von dem
Kerl und seiner schier
unerschöpflichen Quelle, dass sie
ihn am darauf folgenden Abend
noch Mal besucht hatte. Es war
eines der wenigen Male
gewesen, dass sie ihre eigenen
Regeln brach und sich zu einem
Nachschlag hatte hinreißen
lassen; aber sie hatte einfach
herausfinden müssen, ob sich

diese unglaubliche Konstellation noch mal wiederholen ließ. Und sie musste zugeben, auch das zweite Mal war ähnlich lohnenswert und befriedigend für sie verlaufen.

Genau das Gegenteil von diesem Schnellspritzer war ein dem ersten Anschein nach ziemlich großmäuliger Kartenspieler gewesen, den sie eines Abends ganz in einer Bar nahe ihrer eigenen Wohnung aufgegabelt hatte. Mit seinen rund 50 Jahren und in seinem ziemlich angeheiterten Zustand hatte er gegenüber seiner Zechrunde mit seiner angeblichen Standfestigkeit so lange geprahlt, bis ihr es zu bunt geworden war. In der Absicht, ihn vor seinen Kumpanen bloßzustellen, war sie zu ihm hingegangen und hatte ihn aufgefordert, dass er ihr doch seine Standfestigkeit in ihrem Bett beweisen sollte. Zu ihrer Überraschung war er tatsächlich ohne große Umschweife mitgekommen - einer der wenigen, die sie mit in ihre eigene Wohnung genommen hatte.

Dort angekommen hatte er sich sofort ausgezogen und ihr seinen Prügel ins Gesicht geschoben. Es war ein echtes Riesenteil gewesen, ein fettes und hartes Rohr, das geradewegs unter seinem Bierbauch wegstand. Sie hatte Zweifel gehabt, ob sie ihn überhaupt in den Mund bekommen würde, aber er hatte ihr Gesicht so selbstbewusst über seine Eichel gezogen, dass sie einfach nur den Kiefer aufsperren konnte. Über Gebühr hatte sie ihre Lippen spreizen müssen, um ihn sich endlich doch hineinschieben zu lassen - er hatte sie komplett bis zum Anschlag ausgefüllt. Ihre redlichen Bemühungen hatte er sich von oben herab angesehen, und sie hatte nach den ersten zehn Minuten vor sich selbst zugeben müssen, dass er sich wirklich extrem gut im Griff hatte. Sie hatte hingebungsvoll gelutscht und geleckt, sie hatte alle Register gezogen, aber er hatte die intensive Bearbeitung einfach nur genossen.

Über eine halbe Stunde hatte sie ihm das komplette Programm gegeben: Eier, Wurzel, Damm,

Schaft und Eichel hatte sie über Gebühr miteinbezogen. Ihre Zunge hatte Feuerwerke unter seiner Eichel veranstaltet, und immer noch hatte er sich zurückhalten können. Er als sie seine Vorhaut mit aller Macht zurückgezogen hatte und sich seinen fetten Schwanz immer wieder hart und rhythmisch zwischen die Lippen gelutscht hatte, hatte sie ihn schließlich dort, wo sie ihn haben wollte. Als er letztendlich den Dingen seinen Lauf hatte lassen müssen, hatte sie ihn erlöst mit geschlossenen Augen empfangen. Sein

Orgasmus war konzentriert und heftig gewesen, sein Sperma kräftig und dick. Sie hatte es geliebt.

Inzwischen war sie in ihrem Zimmer angekommen, hatte sich ausgezogen, auf das Bett gelegt und begonnen, mit ihrer Muschi zu spielen. In diesen Treffen zog Sandra ihren eigenen Lustgewinn vornehmlich daraus, die harten Männerschwänze in ihrem Mund zur Explosion zu treiben. Das Pulsieren der Venen, die Wucht der heißen Entladung, der Geschmack von Sperma auf ihrer

Zunge - das waren die Momente, in denen sich die Glückseligkeit in ihren Gliedern verströmte. Manchmal ließ sie sich danach noch lecken oder vögeln, aber das war eher die Ausnahme. Obwohl es die auch gab, und eine davon war ihr noch immer sehr gut im Gedächtnis.

Er hatte Karim geheißen - einer der wenigen Namen, die sie je erfragt hatte und einer von noch wenigern, die sie sich gemerkt hatte. Er war aus Saudi-Arabien, und hatte sie schon mit seinen Augen in einer Bar schier aufgefressen. Sie hatte sich entschieden, sich auf das Spielchen mit ihm einzulassen, und nach zwei Drinks war sie mit ihm mitgegangen. Auf dem Zimmer, das eher einer Präsidentensuite glich, war er kurz verschwunden gewesen, und erst im Nachhinein hatte sie den Verdacht, dass er sich da Viagra oder etwas Ähnliches eingeworfen hatte. Denn nachdem sie mit ihm fertig gewesen war und seinen - zugegeben wohlschmeckenden - Saft in ihrem Mund geschmeckt hatte, hatte er keine Anstalten einer Pause gemacht.

Noch steifer als zuvor war sein Schwanz gestanden, und das hatte sie dann doch sehr angezogen. Sie hatte sich auf den Rücken gelegt und die Beine breit gemacht, damit er über sie hatte steigen können. Einmal in ihr hatte er tierische Kräfte entwickelt und inspiriert von seinem Trieb hatte auch sie angefangen, den Sex mit ihm zu genießen. Zu ihrer eigenen Überraschung war sie drei Mal explodiert, bevor er erschöpft auf ihr zum Stillstand gekommen war. Aber nicht für lange, dann war er wieder hart gewesen. Er hatte sie umgedreht und sie tief und hart von hinten genommen. Er hatte sie beinahe ohne Pause gefickt, so dass sie noch einen weiteren Höhepunkt erreicht hatte. Als er sich daraufhin zurückgezogen hatte, war sie nicht unglücklich gewesen und hatte sich schön und tief befriedigt gefühlt. Doch anstatt aufzuhören, hatte er ihre Beine gespreizt und war in ihren Arsch eingedrungen.

Die Plötzlichkeit seiner Aktion hatte sie schlagartig wieder erregt, und sie hatte es bereitwillig zugelassen, dass er sich wie von Sinnen immer weiter in ihr enges Loch gebohrt hatte. Tief war er eingedrungen, unablässig hatte er ihr seinen Schwanz in den Anus geschoben, und dazu hatte er wie ein Ochse geschnaubt. Der animalische Charakter dieser Situation hatte ein wahres Lustfeuerwerk in ihr ausgelöst, und mehrfach hatte er sie mit seinen Stößen in einen wellenartigen Orgasmus getrieben, der sich in ihrem ganzen Körper verteilt hatte.

Schließlich war sie ein letztes Mal gemeinsam mit ihm gekommen, und nachdem sie beide erschöpft auf dem Bett zusammengebrochen waren, hatte sie sich an ihm heruntergebeugt, befriedigt seinen immer noch steifen Schwanz in den Mund genommen und ihn sicherlich eine halbe Stunde gelutscht, bis sie ihm schließlich glücklich seine wenigen letzten Tropfen Sperma hatte entreißen können. Als sie sich schließlich völlig fertig zuhause wiedergefunden hatte, war ihr aufgefallen, dass er ihr 1.000 Dollar in ihre Handtasche gesteckt hatte.

Sie musste sich bremsen. Der Gedanke an diese Nacht brannte in ihren Lenden und beinahe hätte sie sich selbst durch das Rubbeln ihrer Lustperle zum Höhepunkt gebracht. Doch dieses Vergnügen wollte sie sich nicht gönnen, zu tief saß der Stachel über ihr eigenes Versagen mit dem Bodybilder. Grauen erfasste sie, als sie sich das vergeudete, auf ihrem Gesicht gelandete Sperma des Muskelpaketes wieder ins Gedächtnis rief.

Sie schüttelte diese unschönen Erinnerungen ab, es war nun dunkel draußen. Sie verspürte Hunger, hatte aber noch keinen Antrieb, sich aufzuraffen und nach draußen zu gehen. Außerdem hatte sie Hunger nach etwas ganz anderem: Sperma. Diese Sucht hatte sich im Laufe der Jahre immer stärker in ihr breit gemacht, und schon des öfteren hatte sie darüber nachgedacht, dass es irgendwann einmal eine Ereignis geben würde, das ihr zum Verhängnis werden würde - oder zumindest so einschneidend sein würde, dass sie den Respekt vor sich selbst verlieren musste.

Sie wusste, dass sie kurz vor dem Scheideweg stand, und das Desaster von der vorangegangenen Nacht hatte ihr das klar vor Augen geführt. Es gab nur zwei Möglichkeiten: Entweder sie würde Mittel und Wege finden, von dieser Abhängigkeit loszukommen, die sie immer wieder in diese gnadenlos selbstzerstörerische Situationen brachte - oder aber sie würde total in die Rolle der besessenen Schwanzlutscherin abrutschen, für die es absolut keine Tabus mehr gab. Der Gedanke fesselte sie und stieß sie zugleich zutiefst ab.

Sie war sich bewusst, dass ihre Neigung pervers war. Das machte ihr wenig aus. Allerdings hatte sie ihr schier maßloses Verlangen nach Sperma in letzter Zeit auch in so manche unangenehme Situation gebracht. Wenn sie vor den Männern kniete, war sie zwar in einer machtvollen, aber gleichzeitig auch verletzlichen Situation. Kurz vor der Ejakulation gab es einen klitzekleinen Moment, in dem sie alle Vorsicht fahren ließ und zu allem bereit war, wenn sie nur an ihr Ziel gelangen durfte. Und in zwei Fällen wurde ihr das zum Verhängnis, als das die jeweiligen Kerle erkannt und für ihre eigenen Zwecke ausgenutzt hatten. Sie erschauerte, als sie daran dachte.

Der erste davon war ein ganz normaler Typ gewesen, den sie über eine Kontaktanzeige im Internet kennen gelernt hatte. Sie hatten sich in einer Bar verabredet, und ziemlich schnell war klar gewesen, dass sie beide mehr wollten. Sie war mit zum ihm gegangen und sie hatten sich gegenseitig gut aufgegeilt, bis sie wie immer vor ihm auf die Knie gegangen war, um seinen saftigen Schwanz in den Mund zu nehmen und ihn kräftig und zielstrebig zu blasen. Rasch war er gekommen, und sie hatte mit geschlossenen Augen seinen Saft entgegen genommen.

Nur gedämpft hatte sie wahrgenommen, dass er direkt nach dem Spritzen ihren Kopf gepackt hatte und seinen Schwanz hart an ihren Gaumen gedrückt hielt. Sie hatte seinen Geschmack in ihrer Mundhöhle genossen und sich in ihrer eigenen Lust gesuhlt. Und nur langsam war es an ihr Bewusstsein gedrungen, dass plötzlich etwas Warmes ihren Mund geflutet hatte.

'Er pisst in Dich!' hatte es in ihrem Kopf gehämmert und mit ziemlicher Verspätung hatte sie versucht, sich aus seiner Umklammerung zu befreien. Doch das war umsonst gewesen, schraubstockartig hatte er sie festgehalten und seinen Urin direkt von der Quelle in ihren Mund fließen gelassen. In ihrer Panik war sie komplett unfähig gewesen, sich dagegen zu wehren. Hilflos hatte sie die schreckliche Erniedrigung über sich ergehen lassen und schließlich kein anderes Mittel mehr gewusst, als seine brennend-salzige Pisse zu

schlucken.

Das war eine wirkliche

Grenzerfahrung gewesen, und

das zweite Mal war nur

unwesentlich weniger schlimm

gewesen. Doch da war sie selbst

schuld gewesen, als sie mit zwei

Typen mitgegangen war. Mit

ziemlich derben Sprüchen hatten

die beiden sie während eines

Urlaubs angemacht, und

schließlich hatte ihre eigene

Geilheit über ihre warnende

innere Stimme gesiegt. Sie hatte

den beiden die Abmachung

abgerungen, dass sie es nur mit einem machen würde, und der andere lediglich zuschauen durfte. Aber offensichtlich hatte sie schon zuviel über ihre spezielle Neigung verlauten lassen. Denn kurz bevor sie den einen in gewohnter Weise zwischen ihren Lippen zum Abspritzen hatte bringen wollen, hatte er sich zurückgezogen.

Und damit hatten die beiden sie - ob letztlich bewusst oder unbewusst war im Nachhinein egal - in dem zerbrechlichen Zustand, in dem sie zu allem bereit war, nur um an das heiß ersehnte Sperma zu kommen. Sie zitterte vor unerfüllter Geilheit und ließ es breitwillig über sich ergehen, dass der andere Typ sie derb von hinten bestieg. Erst nachdem er sie eine Weile hart gefickt hatte, hatte der andere ihrem flehentlichen Betteln nachgegeben und sie hatte das Objekt ihrer unersättlichen Begierde wieder in den Mund nehmen dürfen. Und als er sich dann endlich in ihr ergossen hatte und sie seinen Saft zu spüren bekommen hatte, war auch der zweite in ihr gekommen. Und damit nicht genug: Trotz dieser absoluten Erniedrigung hatte sie danach dasselbe Spektakel noch ein zweites Mal über sich ergehen lassen, nur mit vertauschten Rollen. Was war das für ein verfickter Abend gewesen.

Ihr Körper beruhigte sich etwas. Allerdings war das nur vorübergehend, das war ihr sehr wohl bewusst. Fast schmerzvoll kam das Brennen der Lust wieder, das in ihren Eingeweiden wühlte und sie durchflutete. Sie krümmte sich beinahe. Sie fühlte, dass es ein besonderer Abend werden sollte, ja musste. Sie war an einem Punkt der Entscheidung angekommen, jetzt und hier, und es gab für sie daraus kein Entrinnen. Die Nacht würde ihren weiteren Weg vorzeichnen.

Genau in diesem Moment piepste ihr Handy.

Sandra schloss wieder die Augen. Doch diesmal nicht, um wie so oft die ersehnte Ladung Sperma in ihrem Mund aufzunehmen, sondern einfach nur um wieder anzukommen. Keine drei Stunden war es her, dass ihr Flieger aus Spanien gelandet war und sie sehnte sich danach, endlich wieder daheim zu sein.

Ursprünglich war sie diese zehn Tage in Urlaub gefahren, um einmal richtig abzuschalten und von allem wegzukommen. Genau das Gegenteil war passiert: sie war sich selbst, ihrer eigenen Essenz, viel näher gekommen, als sie sich je zugetraut und vielleicht auch gewünscht hatte. Aber tief in ihrem Inneren wusste sie, dass es der einzige Weg war, endlich Klarheit zu bekommen, entweder in die eine oder in die andere Richtung.

Sandra hatte ihren Spaß gehabt, wie zum Beispiel mit den drei spanischen Jungs, aber sie hatte auch tiefe Niederlagen wie mit dem Bodybilder einstecken müssen. Und anstatt sich an ihrem letzten Abend noch einmal tief ins Getümmel der steifen Männlichkeiten und ihrer explodierenden Nektarquellen zu stürzen, war sie auf ihrem

Zimmer geblieben, tief in sich selbst versunken.

Karim, der Typ aus Saudi-Arabien und einer der seltenen Fälle, in denen es über das Auslutschen eines saftigen Schwanzes hinausgegangen war, hatte sich per sms gemeldet. Sie wusste nicht einmal mehr, dass sie ihm ihre Nummer gegeben hatte - damit war sie gewöhnlich mehr als geizig, denn die meisten Typen wollte sie sowieso nicht mehr als einmal schmecken oder gar sehen. Doch er hatte ihr geschrieben, es war sein erstes

Lebenszeichen nach über einem halben Jahr. Unruhe hatte sie erfüllt, tief in ihr war etwas wieder zum Vorschein gekommen, was seit jener Nacht mit ihm in ihr loderte und dem sie nur schwerlich Einhalt gebieten konnte.

Waren es die mehrfachen Orgasmen gewesen, die er ihr beschert hatte? Oder die Art, wie er sich zuerst ihrer Muschi, dann ihres Arsches bemächtigt hatte? Oder waren es die 1.000 Dollar gewesen, die sie am nächsten Morgen in ihrer Handtasche vorgefunden hatte? Oder hatte es tatsächlich mit ihm selbst als Mensch und als Mann zu tun? Sandra schüttelte den Kopf. Das war dann doch etwas weit hergeholt. Verliebt hatte sie sich bisher noch nie, ihr Interesse galt einzig und allein dem Sperma, dass sie in Momenten der Extase aus den steifen Schwänzen der Kerle herausholte, die sie sich aussuchte: immer kniend vor ihnen, immer die Augen schließend im Moment der Entladung.

Nun war sie wieder zuhause und versuchte in den folgenden Tagen, die über die Maßen nachhaltigen Eindrücke ihres Urlaubs zumindest zu verdrängen. Sie antwortete Karim nicht auf seine sms, trotz des nur unverbindlichen und oberflächlichen Charakters: "Hallo Sandra, ich organisiere ein kleines Event und habe an Dich gedacht, hast Du Lust auf ein Spiel? Karim". Wenn er wirklich spielen wollte, dann würde er sich wieder melden.

Sandra entspannte sich. Sie würde diese Woche richtig Gas geben, das versprach sie sich selbst. In der Arbeit war nicht viel zu tun, es war Urlaubszeit. Gerade richtig, um die Abende zum Beutezug zu nutzen und zu erkunden, was die Großstadt München an dickflüssigem milchig-weißem Gold zu bieten hatte. Und das tat sie dann auch, an jedem einzelnen Tag der Woche.

Der Montagabend ergab sich wie von selbst. In buntem Sommerkleid, das ihren dunklen

Teint und die schwarzen Haare noch stärker hervortreten ließ, machte sie sich auf in den Biergarten am Chinesischen Turm. Sie wollte Frischfleisch, hatte Lust auf Jugendlichkeit und Spontaneität. Und sie wollte überraschen. So setzte sie sich zu vier Jungs an den Tisch, mit denen sie nach kurzer Aufwärmphase hemmungslos flirtete. Die Nordlichter waren, ob des Sommerwetters, des Biergenusses oder ihrer offensiven Erscheinung, Wachs in ihren Händen. Schnell nahmen sie sie in ihre Mitte und balzten wie junge Hähne um ihre Aufmerksamkeit.

Es machte Sandra richtig an, die vier Kerle aufzugeilen. Keiner war über 20, und ihre Blicke hefteten sich ungeniert an die weiblichen Reize ihres Körpers. Rund eine Stunde dauerte die Aufwärmphase, dann wurden auf ihr Betreiben hin die Themen gewechselt und die Gesprächsinhalte wurden eindeutiger. Sandras Andeutungen wurden direkter, die Reaktionen aufgeregter. Als sie dann die ersten Hände an ihren Schenkeln spürte, übernahm sie die Führung. Sie schlug einen Ortswechsel vor und führte die vier im Dunkel der Nacht an eine verborgene Stelle im Park.

Es kostete sie nur wenig Überzeugungskraft, in der Situation ihre eigenen Vorstellungen durchzusetzen. Die vier stellten sich in einer Reihe auf und warteten ungeduldig darauf, dass sie sich ihrer annahm. Die Hosen heruntergelassen ragten ihre steifen Rohre in die Abendluft, und sie kniete sich vor dem Ersten ins Gras. Sie war hochgradig erregt in der Gewissheit, alle vier jungen Spritzer in den folgenden Minuten in sich aufzunehmen.

Saftig und groß lutsche sie sich den Ersten in den Mund. Sie fand es herrlich, seine jugendliche Geilheit so zu spüren. Es brauchte wenig, um ihn zu locken: eine sanfte Massage seiner Eier, ein paar kräftige Griffe um seinen Schaft und der Rest kam fast wie von selbst. Sie legte beide Arme um seinen knackigen Arsch und bearbeitete seine Latte nur mit Zunge und Lippen. Nach wenigen Momenten ließ er einen erstickten Schrei erklingen, sie schloss die Augen und wartete. Wuchtig ergoss er sich in ihr und spritze sein Sperma an ihren Gaumen. Sie schluckte genussvoll und robbte dann zum Nächsten.

Eine große Eichel empfing sie. Er war komplett rasiert, und sie leckte ihm hingebungsvoll den salzigen Schweiß von der Haut seiner Lenden. Dann biss sie sich zart an seinen Hoden entlang nach oben. Mit hartem Griff bog sie den steifen Schwanz nach unten, zog die gespannte Vorhaut noch ein Stück weiter zurück und nahm sich dann die Hautfalte unter der Eichel vor. Bis kurz vor dem Abschuss ließ sie ihre Zungenspitze arbeiten, und erst als die Zuckungen begannen, stülpte sie ihre Lippen über sein Fleisch. Sämig und bitter spritzte er ab, seine Eier tanzten in wildem Stakkato und verschossen eine Ladung nach der anderen.

Der Nächste war kleiner, und wohl vor Aufregung auch nicht ganz steif. Sie saugte ihn tief in sich hinein, umfasste sein Glied komplett und biss in seine Schwanzwurzel. Er wuchs, stattlich und unaufhaltsam in ihrem Rachen, bis er sie schließlich am Gaumen kitzelte. So blieb sie und saugte ihn, pumpte mit ihren Lippen und massierte gleichzeitig seine Eier: dadurch kam er langsamer, aber auch tiefer. Seinen Saft schoss er direkt hinab in ihre Speiseröhre, und sie musste sich nach dem Schlucken tatsächlich anstrengen, noch etwas von seinem Geschmack in ihrem Rachenraum zu erhaschen.

Den letzten wollte sie hart rannehmen. Sie schmeckte von seiner Vorfreude und wichste ihn dann rhythmisch. Dabei umfasste sie seinen Schwanz mit solcher Entschlossenheit, dass er kurz aufzuckte; doch sie ließ nicht locker. Sie griff sich sein voluminöses Gehänge und melkte es forsch. Sie wusste genau, dass er auf diese Art länger durchhalten würde. Also wechselte sie genüsslich ab zwischen sanfter und roher Behandlung. Sie trieb ihn so weit, dass er in seiner Geilheit versuchte, ihren Kopf zu festzuhalten und sie in den Mund zu ficken. Diesen Moment wählte sie, um ihre Lippen um seine Eichel zu schließen und seinen Schwanz mit beiden Händen heftigst zu wichsen. Inmitten dieser Tortur schoss er dann schließlich ab, und das Ergebnis ihrer Anstrengungen war für sie extrem lohnenswert: Sie zählte elf kräftige Schüsse, die sich über ihre Zunge ergossen und sich fließend in ihrem Mund verteilten. Was für ein Festmahl!

Der Dienstag war von ganz anderer Natur. Über eine einschlägige Internetseite hatte sie sich mehrere Kontakte aufgebaut und beschloss, einen davon zu treffen. Klar steckte sie ihre Linien ab, nach denen es sie an diesem Abend gelüstete: Sie würde zu ihm kommen; es müsste komplette Dunkelheit herrschen; er müsste sie frisch geduscht und nackt auf dem Bett erwarten; sie würde ihn zweimal hintereinander bis zum

Abspritzen lutschen; und dann würde sie wortlos wieder gehen. Er willigte ein.

Sie kleidete sich nuttig, und machte sich einen Spaß daraus, mit ihren Pfennigabsätzen die Treppen bis zu seiner Wohnung im sechsten Stock hinaufzustaksen. Sie trug keine Unterwäsche, und ihr Busen fiel fast aus dem Dekolleté. Sie fühlte sich großartig in Erwartung einer doppelten Ladung Sperma aus den Lenden eines komplett Unbekannten. Wie verabredet ließ er sie ein ohne sich zu zeigen. Sie folgte im Dunklen seinen Geräuschen Richtung Schlafzimmer. Sie brauchte nicht lange, um sich dort zurechtzufinden: Das Bett nahm fast das ganze Zimmer ein. Sie spürte nach seinen nackten, ordentlich behaarten Beinen und ging dazwischen auf die Knie.

Sandra griff nach dem Schwanz des Unbekannten. Er war fleischig, heiß und mittelmäßig steif. Sie wusste nicht einmal sein Alter, geschweige denn irgendetwas über sein Aussehen - es war ihr auch völlig egal. Sie war hier wegen seines Schwanzes und des Saftes, den sie aus ihm herausbekommen wollte. Damit ging sie zu Werke. Weich und glatt waren seine Hoden, und sie konnte nicht umhin, im Geiste die Prallheit seiner Eier zu würdigen. Entweder er hatte schon lange nicht mehr gespritzt, oder er hatte sich gerade aufgegeilt. Nach der Steifheit seines Schwanzes war ersteres wahrscheinlicher.

Mit ihren Fingernägeln kratzte sie genüsslich an der Haut seiner

Schenkel nach oben, zog dann seine Körpermitte nähe zum Bettrand und beugte sich über seine Männlichkeit. Ihre Zunge erkundete wieselflink seine Hautfalten, die - brav wie angewiesen frisch geduscht - einen angenehmen Wohlgeruch verströmten. Dann lutschte sie den Schwanz des Unbekannten in sich hinein und hörte nicht mehr auf, ihn im wohligen Takt zu bearbeiten.

Der erste Orgasmus kam unvermittelt und entlud sich eher spontan. Der Kerl krümmte sich und schoss dann seine Ladung ab. Sandra hielt ihren Mund einfach nur still und empfing ihn. Scharf löste sich sein Samen in ihrem Speichel auf, er entfaltete einen leicht stechenden Geschmack. Nichtsdestotrotz konnte sie ihn auf ihre Art und mit geschlossenen Augen genießen, was auch an der enormen Menge lag, die er in sie fließen ließ. Sandra schluckte.

Sie ließ ihn los und gab ihm Zeit zur Erholung. In diesen Minuten sprachen sie kein Wort, genau so wie vereinbart. Langsam fing sie an, seine Schenkel zu massieren, was er mit einem Wohlgefallen quittierte. Sie machte sich auf zur zweiten Runde. Zu ihrer Überraschung traf sie auf ein immer noch halbsteifes Glied, das sich offensichtlich über den Zuspruch freute. Sie leckte ausgiebig die Unterseite und brachte es so in eine stattliche Position. Eine geübte Massage an seinem Damm tat das Übrige, und schon stand sein Rohr wieder steif zwischen ihren Lippen. Keine 20 Minuten nach der ersten Explosion spritze der

Unbekannte zum zweiten Mal in ihren Rachen.

Die zähe Masse auf ihrer Zunge brachte Sandra auf Touren. Sie rollte seinen Saft in ihrem Mund und genoss die verschiedenen Geschmacksrichtung, die ihre Sinne in Wallung brachten: Zimt, Ammoniak, Essig und ein Hauch von Melone. Betört stand sie auf, gebot ihm wortlos, liegen zu bleiben und machte sich auf die Suche nach einem Glas Wasser.

Bei ihrer Rückkehr hatte sich an der Situation nichts geändert: Der

Unbekannte lag immer noch unbeweglich auf seinem Bett und hatte die Beine gespreizt. Sandra fühlte, dass sie es auf eine dritte Runde ankommen lassen musste.

Diesmal war es schwieriger, seinen Schwanz aus der Lethargie zu erwecken. Aber mit viel Hingabe schaffte sie es schließlich, ihn wieder aufzurichten. Nun musste sie fester blasen, aber sie wollte ihn unbedingt noch einmal schmecken. Mit allen Mitteln lutschte sie den Unbekannten, und schließlich wurde sie für ihre

Anstrengungen belohnt: Ein Schauer durchlief seine steinharte Männlichkeit und fast unmerklich begann der Saft in ihren Mund zu tropfen. Auch wenn es nur wenig war was sie ergatterte, so war es doch die konzentrierte Essenz seines Samens. Sie hatte ihn leer gesaugt. Wortlos stand sie auf, nahm ihre Handtasche und verschwand auf ihren hochhackigen Schuhen.

Mittwoch war so ein bisschen ein Tiefpunkt in der Woche. Ja, sie hatte diesen schicken Schnösel in einer Diskothek aufgegabelt und sich in seinem Mercedes-Cabrio mitnehmen lassen. Aber als es dann zum eigentlichen Akt kam, war er irgendwie nicht bei der Sache. Es dauerte eine Ewigkeit, bis sie ihn endlich in ihrem Mund zum Spritzen brachte - und es waren auch nur ein paar kaum erwähnenswerte Tröpfchen mit eher abgestandenem, bitterem Geschmack. Dann versuchte er auch noch, diese unmännliche Vorstellung durch ein halbwegs engagiertes Gerammel an ihrer Muschi wieder gutzumachen - was ihm allerdings noch gründlicher misslang. Frustriert ging Sandra heim und besorgte es sich selbst.

Dagegen war der Donnerstag schon eher nach ihrem Geschmack, wenn auch ziemlich bizarr. Sie war allein beim Abendessen, doch von den anwesenden Starrern gefiel ihr niemand. Während sie in der U-Bahn überlegte, wohin sie noch gehen sollte um an ihre Samenportion zu gelangen, fiel ihr der Alte von gegenüber auf, der sie unverwandt anstarrte. Er mochte über 60 gewesen sein, und seinem südländischen Aussehen nach Grieche oder Türke. Als er ausstieg, ging sie ihm hinterher.

An der Oberfläche holte sie ihn ein und machte ihn an. Er sprach gebrochen Deutsch, und seinem Aufzug nach kam er geradewegs von der Arbeit. Sie nahm einen durchdringenden, männlichen Schweißgeruch wahr: Sie fühlte sich in der Situation gleichzeitig abgestoßen und angezogen. Ohne viel weiteres Aufhebens schob sie ihn zwischen den Brettern eines nahen

Baustellenzauns hindurch und stellte ihn an die Wand.

Seine anfänglichen Proteste, die er mit gepressten Wortfetzen hervorbrachte, erstickten schnell, als sie sich an seiner Hose zu schaffen machte. Sie öffnete den verschlissenen Reißverschluss, zog die unansehnliche Unterhose runter und griff nach seinem Paket. Ein Dschungel an drahtigen Haaren verdeckte ihr eigentliches Ziel, das sie sich in diesem Fall wirklich erarbeiten musste. Endlich zog sie einen

fetten, schwitzigen Schwanz
hervor.

Sie ignorierte den stechenden
Schweiß und das leichte Aroma
von süßlicher Pisse. Sie zog die
Vorhaut zurück und betrachtete
ihre Beute. Dann stülpte sie sich
über ihn. Der Schwanz blähte
sich in ihrem Mund auf und füllte
sie aus. Wegen seiner Kürze
konnte sie ihn komplett in ihrem
Rachen aufnehmen, allerdings
wurden ihre Lippen ob des
Umfangs fast bis zuM Anschlag
gedehnt. So ausgefüllt kniete sie
auf der Baustelle vor dem

Arbeiter, bewegungslos, nur ihre Zunge brachte die Hautfalte unter der Eichel stetig in Wallung.

Seine schmierigen Hände griffen nach ihr und hielten sie fest. Das war ihr nur recht, denn sie hatte überhaupt kein Interesse daran, jetzt aufzuhören. Im Gegenteil: Animiert durch sein vulgäres Stöhnen umkreiste ihre Zunge seine fette Eichel noch schneller. Endlich zuckte es in seinen Eiern, und mit einem lauten Schrei platze sein Paket in ihrem Mund. Extrem wuchtig schleuderte sein erster Erguss an ihren Gaumen, gefolgt von weiteren peitschenden Samenstößen. Sie saugte ihn noch tiefer in sich hinein, zog an seinen haarigen Eiern und melkte seine Wurzel. Sie wollte alles haben und in sich aufnehmen, wollte jeden Tropfen seines Saftes in ihrem Mund spüren. Der Schweißgeruch betörte ihre Sinne und vermengte sich mit dem Geschmack seines Samens zu einer wahren Orgie des Genusses. Als er sich danach schnell anzog und verschwand, blieb sie noch wie benommen ein paar Minuten auf dem Boden sitzen.

Freitagabend war klasse, denn da leiste sie sich einen ganz feinen Kerl - plus seiner zwei Freunde als Appetitanreger. Allerdings war es fast zu einfach, und eigentlich war es auch eher ein Spiel. Es verwunderte sie, dass die Typen tatsächlich darauf eingegangen waren. In einer Bar waren drei junge Türken auf sie aufmerksam geworden - was vielleicht auch an ihrer etwas ausladenden Kleidung lag, die zu den sommerlichen Temperaturen passte. Sie hatte jedenfalls nicht "Nein" gesagt, als die sie auf einen Cocktail eingeladen hatten. Umso mehr hatte sie die Gesichter der drei genossen, als sie ihnen klar gemacht hatte, dass sie nur für Geld zu haben war.

Das hatte die Kerle kurzfristig aus dem Konzept geworfen, aber noch nicht ganz abspenstig gemacht. Nach einer Bedenkzeit, in der sie wahrscheinlich alle anderen Chancen an dem Abend ausgelotet hatten, kamen sie tatsächlich wieder zurück zu ihr an die Bar und wollten Preise wissen. Um sie nicht ganz zu verprellen, nannte sie ihnen eher eine symbolische Summe: 20 Euro für Blasen mit Abspritzen - und für alle drei nacheinander 50 Euro. Sie wusste, dass das keine Beträge waren, aber das war auch Teil ihrer Strategie: Unbedingt wollte sie den Schwanz des größten Kerls schmecken.

Sie fuhr mit ihnen auf einen abgelegenen Parkplatz, den sie schon öfters genutzt hatte. Hier waren sie ungestört. Auf die anfänglichen Prahlereien ging sie dann auch gar nicht ein, sondern forderte ihren "Lohn", den sie auch standesgemäß in ihren BH schob. Während der Erste mit seiner Latte vor ihrer Nase herumwedelte, wollten die anderen unbedingt an ihre Muschi rankommen. Sie ließ sie gewähren, denn auch sie konnte nach den letzten Tagen ein bisschen Abwechslung vertragen. Und tatsächlich, während die zwei mit ihren gierigen Fingern von hinten in ihr rasiertes und geöltes Loch eindrangen, spürte sie den

Orgasmus herannahen - und er ergab sich just in dem Moment, als der erste Schwanz prächtig in ihrem Mund abspritzte.

Ermuntert durch die Situation nahm sie sich den nächsten vor, der sich mit seinem steif aufragenden Rohr vor ihr aufbaute. Er fühlte sich stark, als er ihr sein Ding zwischen die Lippen drückte, und sie genoss es, ihn durch bloßes Drücken und Saugen auf den Weg zu bringen. Er kam gar nicht dazu, sie seine großartige Männlichkeit spürten zu lassen, so sanft ließ sie ihn kommen. Zwei, drei Schübe seines Samens liefen ihr schon in den Mund, als endlich sein Orgasmus einsetzte. Dann schoss er ihr die restlichen Spritzer in den Rachen und achtete darauf, dass sie auch sorgsam alles schluckte.

Mittlerweile war Sandra richtig heiß geworden. Wieder einmal hatte sie diesen Flash, der ihr die Absurdität und die Perversion ihres Treibens vor Augen führte. Sie war eine Getriebene, eine Schwanzleckerin, eine Saftschluckerin, die sich ihrer

Sucht nicht erwehren konnte. Sie musste nur die Aussicht auf eine gute Ladung Samen haben, und schon ließ sie alle Vorsicht, allen Selbstrespekt fahren. Es war wie ein Tunnel, in den sie eintauchte, und aus dem sie - wenn überhaupt - erst nach dem Schlucken der ersehnten Beute wieder auftauchte.

Fast liebevoll und entrückt nahm sie sich den wirklich schönen Schwanz des größten Typen vor. Ebenmäßig ragte er vor ihrem Gesicht auf. Ihn wollte sie genießen und ihm einen der besten Momente seines sicherlich noch sehr jungen Sexlebens genießen. Saftig versenkte sie die harte, glatte Latte zwischen ihren Lippen und gab sich ihm total hin. Sie machte schon früh die Augen zu, um sich ganz auf den Moment zu konzentrieren - das Fummeln zwischen ihren Beinen nahm sie dabei schon überhaupt nicht mehr wahr.

Sie verfiel diesem Prachtschwanz, den sie bis zum Anschlag in ihrem Mund aufgenommen hatte, völlig. Erhitzt und aufgegeilt hing sie an ihm und ihre Finger traktierten sein glattes Gehänge mit äußerster Sorgsamkeit. Wärme stieg in ihm auf und seine Muskeln wurden härter. Von Ferne spürte sie seinen nahenden Orgasmus. So lange wie möglich zögerte sie ihn hinaus, verhinderte ihn, trieb den Kerl aber gleichzeitig mit ihren Lippen und ihrer Zunge bis zum Äußersten. Dann brach die Welle und er sprühte in wilden Zuckungen seinen süßen Saft in ihren Mund. In dem Augenblick kam auch sie.

Angetörnt von dieser doch außergewöhnlichen Erfahrung wollte sie sich zum Abschluss am Samstagabend mal wieder so richtig gut ficken lassen. Ihre Fotze brannte bei dem Gedanken daran, und das beste Jagdrevier dafür war immer noch das Sheratonhotel in Bogenhausen. Es dauerte nicht lange, bis sie auf einen einsamen Geschäftsmann traf, der ihren Vorstellungen entsprach: mittleres Alter, frecher Blick, gutes Aussehen, schöner Anzug. Genau den nahm sie sich dann auch.

Auf seinem Zimmer brauchten sie nicht lange, um zur Sache zu kommen. Sie lutschte ihn ein wenig, rollte sich dann aber ganz ungewohnt auf den Rücken und machte die Beine breit. Er bearbeitete ihre fülligen Titten, nahm sich ihre weichen Schenkel vor und leckte dann ausführlich ihren glatten Spalt. Es fühlte sich zur Abwechslung mal richtig gut an und er brachte sie so zu ihrem ersten Orgasmus des Abends. Dann legte er sich mit seinem ganzen Gewicht auf sie und drang voll in sie ein. Genussvoll begann er sie zu vögeln, und

Sandra gab sich ihm ganz hin.

Selten hatte sie es so genossen,

sich ficken zu lassen.

Der Typ machte seine Sache
wirklich gut, und es dauerte eine
halbe Ewigkeit, in der er immer
wieder ordentlich zustieß. Dann
kamen sie gemeinsam. Später
gab es noch eine weitere Runde,
die er wieder mit ausgiebigem
Lecken ihres Lochs einleitete.
Nochmals ließ sie ihn über sich
drübersteigen und sich von ihm
ausgiebig stopfen. Sein Schwanz
fühlte sich herrlich zwischen
ihren Lenden an. Für einen

kurzen Moment musste sie an ihren Araber denken - und in dem Moment kam ihr Orgasmus wie ein Erdbeben und peitschte ihren Körper. Fast überschwänglich verabschiedete sie sich von ihrem Lover.

'Die Woche war wirklich abwechslungsreich verlaufen!', dachte sie bei sich, als sie am Sonntagmorgen bei einem Milchkaffee in ihrem Bett saß. Doch trotz all dieser Befriedigung erfasste sie eine innere Unruhe. Die sms von Karim war immer noch in ihrem Kopf, und dass sie an ihn gedacht hatte, als sie sich in dem Hotel ficken ließ, bereite ihr Kopfzerbrechen. Es gab etwas, das sie mit Karim verknüpfte, eine Art von Schicksalsgemeinschaft, die sie beide zusammenband. Ein dumpfes Gefühl machte sich in ihrer Bauchgegend breit und zog wie ein Nebelschleier in ihre Gedankenwelt ein: Sie spürte, dass Karim der Mann sei, durch den sie aus ihrem persönlichen Teufelskreis herauskommen konnte - oder der sie für immer hineinstoßen würde.

Sie nahm ihr Handy zur Hand: Es war an der Zeit, sich der Realität zu stellen. Sie musste ihre Zukunft herausfinden.